Zhongguo Wenhua
Zhishi · Duben

中国文化知识读本

# 历史演义小说

吉林出版集团有限责任公司
吉林文史出版社

主编 金开诚

编著 孔祥伟

**图书在版编目（CIP）数据**

历史演义小说 / 孔祥伟编著. —— 长春 ：
吉林出版集团有限责任公司 ：吉林文史出版社，2009.12 （2023.4重印）
（中国文化知识读本）
ISBN 978-7-5463-1279-8

Ⅰ. ①历… Ⅱ. ①孔… Ⅲ. ①讲史小说-文学欣赏-
中国-古代 Ⅳ. ①I207.419

中国版本图书馆CIP数据核字(2009)第223093号

# 历史演义小说

LISHI YANYI XIAOSHUO

主编/ 金开诚  编著/孔祥伟

项目负责/崔博华  责任编辑/曹 恒 于 涉

责任校对/王文亮  装帧设计/曹 恒

出版发行/吉林出版集团有限责任公司 吉林文史出版社

地址/长春市福祉大路5788号 邮编/130000

印刷/天津市天玺印务有限公司

版次/2009年12月第1版  印次/2023年4月第4次印刷

开本/660mm×915mm  1/16

印张/8  字数/30千

书号/ISBN 978-7-5463-1279-8

定价/34.80元

# 前 言

　　文化是一种社会现象，是人类物质文明和精神文明有机融合的产物；同时又是一种历史现象，是社会的历史沉积。当今世界，随着经济全球化进程的加快，人们也越来越重视本民族的文化。我们只有加强对本民族文化的继承和创新，才能更好地弘扬民族精神，增强民族凝聚力。历史经验告诉我们，任何一个民族要想屹立于世界民族之林，必须具有自尊、自信、自强的民族意识。文化是维系一个民族生存和发展的强大动力。一个民族的存在依赖文化，文化的解体就是一个民族的消亡。

　　随着我国综合国力的日益强大，广大民众对重塑民族自尊心和自豪感的愿望日益迫切。作为民族大家庭中的一员，将源远流长、博大精深的中国文化继承并传播给广大群众，特别是青年一代，是我们出版人义不容辞的责任。

　　本套丛书是由吉林文史出版社和吉林出版集团有限责任公司组织国内知名专家学者编写的一套旨在传播中华五千年优秀传统文化，提高全民文化修养的大型知识读本。该书在深入挖掘和整理中华优秀传统文化成果的同时，结合社会发展，注入了时代精神。书中优美生动的文字、简明通俗的语言、图文并茂的形式，把中国文化中的物态文化、制度文化、行为文化、精神文化等知识要点全面展示给读者。点点滴滴的文化知识仿佛颗颗繁星，组成了灿烂辉煌的中国文化的天穹。

　　希望本书能为弘扬中华五千年优秀传统文化、增强各民族团结、构建社会主义和谐社会尽一份绵薄之力，也坚信我们的中华民族一定能够早日实现伟大复兴！

# 目录

諸葛大名垂宇宙

宗臣遺貌肅清高

# 一、漫话『历史演义』

刘备之孙——刘谌像

历史演义小说是中国长篇小说的一种体裁。"演义"一词始见于《后汉书》,《小雅》中说:"演,广、远也。"演义就是指推演、详述道理。通常人们把历史演义小说称为"演义",后来,也有人广义地理解"演义",将它作为小说的代名词。

## (一) 什么是历史演义小说

历史演义小说是指根据史实,敷演大义,在叙事的过程中融和作者的生活体验、思想感情和价值判断,同时作者会对历史事件和历史人物进行政治的和道德评判的小说,这类小说被称为历史演义小说。它的特点是:既有一定的史实作为依据,又对历史进行艺术的再加工和创造；既有对历史事件、历史人物纪实的成分，又有作者的艺术想象和虚构的成分。

中国古代史学是非常发达的，因此出现此类小说也是一种历史的必然。在中国文学史上，有很多艺术现象都和历史有着千丝万缕的关系，比如唐代的咏史诗以及元代的杂剧等等。"演义"者，据"史实敷衍成义"之义也。但并不是所有题为"演义"的小说都是与历史有关联的历史演义小说，比如我们非常熟悉的《封神演义》，我们将这部小说归为神话小说，这部小说

诸葛亮《出师表》石刻

成都武侯祠

只不过是作者把神话故事发生的时间和地点放在了商周这一历史背景下进行讲述而已。另外，历史演义小说与当时评书关联很大。

首先，它多以重大的历史事件为题材，在广阔的历史背景和复杂的社会矛盾斗争中，揭示人物之间的复杂关系和人物性格的发展变化。其次，在援引史实的同时，必须

刘关张三人像供后
人祭拜

进行艺术的再加工，即敷陈其义而加以引
申，这就是所谓的"演义"，其特点是在
真实的历史人物和历史事件的基础上，进
行必要的艺术概括和适当的想象虚构（但
不能杜撰历史），再现一定历史时期的社
会风貌，揭示历史发展的趋势和规律。再
次，历史演义小说因容量大、篇幅长、人

《封神演义之封王无道》

大多数演义小说都和历史有着密切的联系

物头绪众多，一般都以章回体小说形式出现。其特点是将全书分为若干章节，称为"回"。历史演义小说少则十几回，多则百余回，每回前用两句对偶的文字标目，称为"回目"。回目主要用来概括本回的故事内容，如《三国演义》全书共分为一百二十回，第一回的回目是"宴桃园豪杰三结义，斩黄巾英雄首立功"，主要写东汉灵帝时，十常侍专权误国，张角领导的黄巾军乘势而起。刘备与关羽、张飞在桃园结义，应召讨贼，屡建奇功等。回目便概括了这一回的主要故事情节。章回体小说的一回就是一个较为完整的故事段落，具有相对的独立性，但又承上启下，是全书的一个有机组成部分。章回小说分回标目，首尾完整、故事连贯、段落整齐，便于间断阅读，非常符合广大人民的阅读欣赏习惯，所以它是我国古代长篇小说主要的、甚至是唯一的体裁形式。

## （二）历史演义小说的起源与发展

历史演义小说是由宋代的讲史话本发展而来的，在元末明初时出现了这个名称。"讲史"原是宋代"说话"四家之一。宋元时期"说话"的四家分为：小说、讲史、说经和合生。小说以讲短篇故事为主，大多取材于现实生活，通常是一次讲完。因为所讲内容跟听众的生活非常接近，又能够马上知道结

武侯祠内关羽、张飞像

武侯祠桃园

局，所以这种形式是最受欢迎的。讲史也
就是讲述历史故事，内容基本上取材于史
书，也兼采民间的故事传说。在讲史中有
说有评，故也称为评话（一般也写作平话）。
讲史因故事较长，所以要连续多次才能讲
完。说经通常是讲宗教故事，它是由唐代
的俗讲、变文发展而来。也有的穿插讲笑
话或滑稽故事，被称为说诨经。合生是一
种比较特殊的形式，有可能是两人同时演
出，形成对答式的指物歌咏，其中一人指

托孤堂

物为题，而另一人应命题咏。内容可能带些讽刺性质，但不一定有故事。

宋代说话四家中，最重要的就是讲史。《梦粱录》说："讲史书者，谓讲说《通鉴》、汉、唐历代书史文传，兴废争战之事。"讲书人有戴书生、徐宣教、王六大夫等，"诸史俱通，于咸淳年间，敷演《复华篇》及中兴名将传，听者纷纷。盖讲得字真不俗，记问渊源甚于耳"。《醉翁谈录》也认为这些书会才人"非庸常浅识之流，有博览该通之理。幼习《太平广记》，长攻历代史书""论才词有欧、苏、

诸葛亮剪纸像

最初的演义小说源于宋代

黄、陈佳句，说征战有刘、项争雄，论机谋有孙、庞斗智。新话说张、韩、刘、岳；史书讲晋、宋、齐、梁。《三国志》诸葛亮雄才；收西夏说狄青大略"。据《东京梦华录》记载，北宋的讲史科目主要有《汉书》《三国志》《五代史》等；著名的讲史艺人有孙宽、孙十五、曾无党、高恕、李孝祥等人，此外还有"说三分"的专家霍四究，讲说"五代史"专家尹常卖等。这些人擅长讲古论今"说收拾寻常有百万套，谈话头动辄是数千回"，"说国贼怀奸从佞，遭愚夫等辈生嗔；说忠臣负屈衔冤，铁石心肠也须下泪"（《醉翁谈录》）。说书是他们赖以谋生的手段，不仅要学识渊

桃园三结义

《三国演义》剧照

博、技艺精湛，而且要善于揣摩听众心理、巧设悬念，以增加艺术感染力。

讲史以说讲历史故事为其特点。讲史的篇幅一般都比较长，其内容或取材于正史而作一定程度的虚构，或取材于野史传说。故事内容也往往侧重于朝代的兴亡和政治军事的斗争。

宋代的讲史话本形式上虽然分卷分目，但段落标题并不是很分明。而元代的讲史话本分段及标题比较明确。到了元代又称"平话"或"评话"，有元刊《全相平话五种》即《武王伐纣平话》《乐毅图齐七国春秋平话后集》《秦并六国平话》《前

武侯祠三义庙

汉书平话续集》《三国志平话》,此外还有《五代史平话》、《大宋宣和遗事》等。这些讲史书,都取材于历史,但作了不同程度的虚构,为了取得出奇制胜的艺术效果,讲史不能就历史而干巴巴地讲历史,必须虚构一些细节,对历史有所增饰,使历史事件具体化、人物形象化、语言通俗化。

其次,讲史话本多述前代兴废之事,反映的都是战乱或足以导致争战的大事,而对太平治世的题材不太感兴趣。这是因为讲历史争战之事,可以打动听众,引人入胜,而乱世英雄的"发迹变泰"多由平民跃居显位,甚至称王称帝,这又为市井百姓所艳羡;另

武侯祠一景

成都武侯祠博物馆

武侯祠

三国圣地

一方面，通过讲述朝代的兴衰更替和英雄的成败得失，以揭露战乱给人民造成的深重灾难，抨击弄权误国的奸臣和荒淫残暴的帝王，热切企盼有仁慈的君主和忠臣良将出现，以制止战乱的再次发生。这种以史为鉴，向往和平安宁生活的愿望，代表了广大人民的心声，为普通市民所喜闻乐见。宋元讲史的这一主题也为历史演义小说和英雄传奇小说所

有些话本小说来源于神话故事

继承。

　　此外，讲史是"讲说《通鉴》、汉、唐历代书史文传，兴废争战之事"，动辄便是一个朝代的历史故事，内容丰富而复杂，篇幅较长，如《三国志平话》有八万多字，最长的《五代史平话》多达十余万字。为了阅读和讲述的便利，就需要分卷分目，今见的所有平话都是分卷集的，如《五

武侯祠唐碑

代史平话》就分为五集十卷，"唐史"卷上列有"论河陀本末""李赤心生李克用"等五十一个细目；《武王伐纣平话》共三卷有"汤王祝网""文王求太公"等四十二个细目；《三国志平话》则分为三卷六十九个细目，每一个细目就是对某一段故事内容的概括，相当于一个小标题。这便是后世小说分章回的雏形。

经过宋元两代讲史书的长期孕育发展，元末明初我国出现了早期的长篇章回小说，如《三国志通俗演义》《水浒传》《残唐五代史演义》等。这些小说都从宋元讲史话本发展而来，内容丰富、篇幅较长，并且小说已明确地分为若干卷，每卷又有若干节，每节用一个单句标目。如现存最早的《三国志通俗演义》（嘉靖本）分为二十四卷，共二百四十则，每则篇幅大致相等，以七言单句标目，如"祭天地桃园结义""刘玄德斩寇立功"等，虽未正式创立小说的回目，但已初具章回体小说的规模。到了明中叶以后，章回小说的发展更趋成熟，这时的小说已经不分卷了，而明确地分成多少回。到了明末清初，章回小说才得到

一些门神画像的原型是历史故事中的人物

经过演义小说的演绎可以凸显历史人物的性格特征

了最后的完善，这时的长篇小说如毛本《三国演义》、金本《水浒传》等都分回标目，用整齐对偶的七言或八言双句回目来突出主要故事情节。但受讲史话本影响的痕迹依然明显，仅从形式上来看，例有"上场诗""下场诗"，有"平话捷说""却说""欲知后事如何，且听下回分解"等说书人习用的套语。章回体这种形式，与我国传统文化的积淀、市民

南阳卧龙岗武侯祠前石狮

群众的审美心理及其欣赏习惯都有密切的关系，它既适合案头阅读，也可供场上讲说，雅俗共赏、老少咸宜。

明朝是历史演义小说的繁荣时代，而《三国志通俗演义》正是这种繁荣局面的开启者。它在思想上和艺术上都取得了辉煌成就，成为我国历史小说创作的楷模。从此以后，历史演义小说开始大量兴起，仅明代中后期产生的历史演义就有二十多部，从远古到明代，几乎每个朝代都有。所以，吴门可观道人在《新列国志序》中说："自罗贯中《三国演义》一书，以国史演义为通俗演义百余回，为世所尚。嗣是效颦日众，因而有《夏书》《商书》《列国》《残唐》《南北宋》诸刻，其浩瀚与正史分签并架。"由此可见历史演义小说创作的盛况。其中，影响较大的有：《新列国志》《西汉通俗演义》《隋史遗文》《残唐五代史演义》《英烈传》等，这些历史演义小说在不同程度上，曲折地反

荆州古城

历史演义小说

三顾堂

映了人民的思想感情，深受广大民众的欢迎，对广泛传播历史知识起到了一定的作用。但这些小说的主体精神与写作手法，比起《三国演义》来，已有了很大的变化：一类是拘泥于纪实。《三国演义》对历史题材的处理方法是"七分实事,三分虚构",而《列国志传》等历史小说则依据史实，强调历史的启发、借鉴作用。第二类是历史演义嬗变为英雄传奇，最有代表性的是《杨家府演义》。它虽然与史传记载相一致，但虚多实少，背离了历史演义"真假参半"

神魔小说插图

的原则。其中的人物形象和一些重要的情节多属虚构，更富于传奇色彩。第三类是历史演义蜕变为神魔小说。如《封神演义》虽来源于宋元讲史话本《武王伐纣平话》，有些史实的影子，但主要人物已是神魔或神话人物，专写神魔斗法故事。名为"演义"，实际上已失去了历史演义小说的基本涵义，成为神魔小说了。

# 二、历史演义小说的典型代表——《三国志通俗演义》

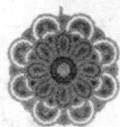

桃园诸葛旗帜

　　《三国志通俗演义》是中国文学史上第一部长篇白话小说，它的出现，对明清小说的创作产生了重大影响。《三国志通俗演义》虽然最后成书于元末明初，但三国故事的流传及其从历史到小说的演变，却经历了数百年的漫长历程。

　　中国历史上的"三国"，本身是一个龙腾虎跃、风起云涌的时代。这一时期是中国历史上军阀混战，三国鼎立，从统一走向分裂，又从分裂走向统一的历史时期，那是一个动荡的年代，也是一个英雄辈出的年代，产生了很多可歌可泣、可悲可叹的人物和故事。陈寿的一部《三国志》和裴松之的注就包蕴着无数生动的故事，为文学家的艺术创造提供了丰富的素材。

　　（一）《三国演义》的成书及湖海散人罗贯中

　　从晋代起三国的人物和故事便在史学家和文学家的笔下得到再现，在民间众口流传。西晋初年陈寿写了《三国志》，南朝人裴松之又为陈寿的《三国志》作注，补充了许多陈寿在《三国志》中没有收录的有关三国时期的人物故事和逸闻。例如在《蜀书·先主传》

武侯祠一景

武侯祠内景观

中，裴松之就引用了《九州春秋》中所记载的关于刘备的一段故事，说刘备在荆州依附刘表，一次到厕所里去，发现自己髀里生肉，慨然流涕。刘表问他为何流涕，刘备回答说："吾常身不离鞍，髀肉皆消。今不复骑，髀里肉生。日月若驰，老将至矣，而功业不建，是以悲耳。"又引《世语》中的记载说刘表曾宴请刘备，其手下将领蔡瑁等人想趁机杀死刘备，被刘备发现，刘备假装到厕所去，偷偷逃了出来。他骑的马叫"的卢"马，因走得急，落在檀溪水中出不来。刘备急了，忙说："的卢，今日厄矣！可努力！"的卢马于是一跃三丈，跃过檀溪，使刘备得救。这类故事，后来被罗贯中写进了《三国志通俗演义》中。南朝时期的文人刘义庆在《世

关羽雕塑

说新语》中，也曾收集记载了不少有关三国的人物和故事。如在《文学》篇中记录了曹植受曹丕逼迫写七步诗的故事，在《捷悟》篇中记载了曹操在思维敏捷的较量中输给杨修的故事，在《假谲》篇中写了曹操使奸计骗人，说自己临危心动，故意杀近侍小人的故事等。说明在晋代和南北朝时期，三国故事已经为人所津津乐道。这些记载都为文学创作提供了丰富的素材。

隋唐时期，三国故事在社会上进一步流传开来。据杜宝《大业拾遗》记载，隋炀帝在水上看杂戏，就有曹操谯水击蛟、

出师表楹联

刘备檀溪越马的故事。唐代的很多诗人也通过诗歌吟诵三国的人物和故事，最著名的如大诗人杜甫的《蜀相》诗赞美诸葛亮："三顾频烦天下计，两朝开济老臣心。出师未捷身先死，长使英雄泪满襟。"杜牧《咏史》诗："折戟沉沙铁未销，自将磨洗认前朝。东风不与周郎便，铜雀春深锁二乔。"写的是周瑜和赤壁之战，发怀古之思与历史之感。晚唐大诗人李商隐在《娇儿诗》中写道："或谑张飞胡，或笑邓艾吃。"说明在当时民间已经在演述三国故事，已达到妇孺皆知的地步，只是因为缺乏文献记载，我们今天已经无从知道当时演说三国故事的具体情况。

到了宋代，随着市井间"说话"艺术的盛行，三国故事流传更广，甚至出现了专说"三分"（即三国故事）的著名艺人霍四究。宋人张耒在《明道杂志》中记载说："京师有富家子，少孤专财，而此子甚好影戏，每弄至斩关羽，辄为泣下，嘱弄者且缓之。"从这段记载可以知道，宋代的影戏已演出三国故事，而且还相当感人。据苏轼的《东坡志林》中记载："涂巷中小儿薄劣，其家所厌苦，辄与钱，令聚坐听说古话。至说三国事，闻刘玄德败，颦蹙有出涕者；闻曹操败，即喜唱快。"这说的是街坊上的小孩子特别顽皮，家长对他们颇为厌烦，就给他们钱，让他们去听说话人讲古代故事。每当说话人讲三国故事讲到刘备失败时，这些孩子就愁眉苦脸，有的甚至流出眼泪。当讲到曹操失败时，孩子们就高兴得拍手叫喊，非常痛快。这说明当时说话人讲述三国故事不仅生动，而且其中拥护刘备、反对曹操的情感倾向也已经很明显。

到了金元时代，三国故事被大量地搬上舞台，故事流传的形式主要是三国戏和《三国志平话》。据钟嗣成的《录鬼簿》与贾仲名的《录鬼簿续篇》记载，仅元代有

《至治新刊全相三国志平话》插图

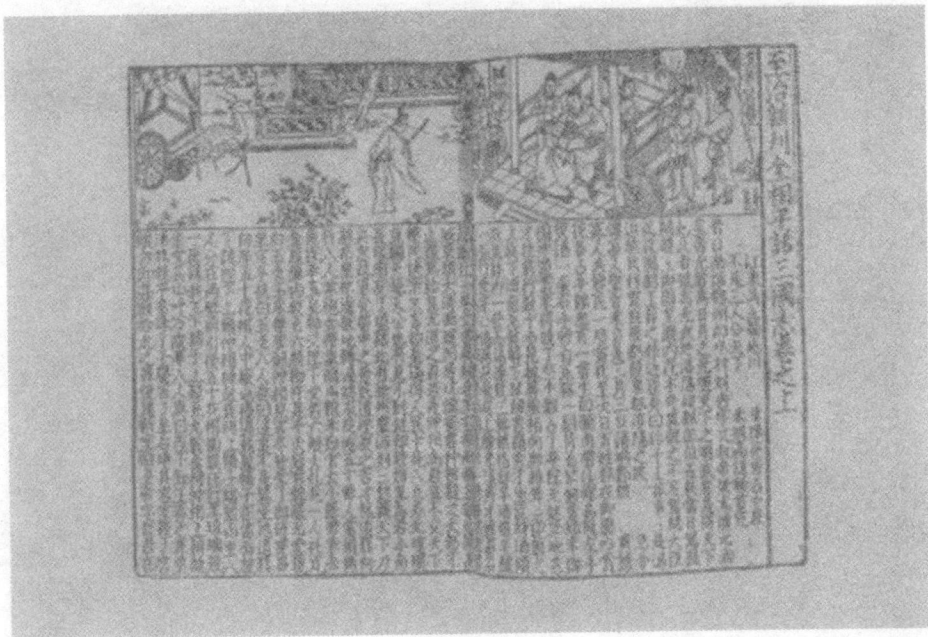

关三国的剧目就多达四十余种。例如元代大戏剧家关汉卿就写有《关大王单刀赴会》与《关张双赴西蜀梦》两种剧。值得注意的是，这些剧不但鲜明地拥刘反曹，而且确立了蜀汉人物的中心地位。

在元代至治年间，新安虞氏刊刻了《全相平话五种》，其中有一种为《全相三国志平话》，这部平话很可能就是当时说书人讲说三国故事所留下来的底本。它基本奠定了《三国演义》的故事框架。《平话》共有三卷，每卷又分为上下两栏，上栏是图像，下栏为正文，图文相配。第一卷从黄巾起义到董卓被杀；第二卷是献帝拜刘皇叔到赤壁之战；

孔明苑

赤壁摩崖石刻

第三卷是刘孙争荆州到三国归晋。从它的内容看，三国的人物和故事已初具规模，主要人物的性格也基本定型，尤其是张飞的形象刻画得最为生动，占的篇幅也较多，具有草莽英雄的气息。另外，诸葛亮的形象也比较突出。只是书中多附会民间传说，如司马断狱的故事，带有明显的因果报应色彩，文字描写也较为粗糙浅陋，显然没有经过文人的润色和加工。从晋代到元代，三国的故事在民间的流传越来越广泛，情节越来越丰富，人物的性格也越来越明显。到了元代后期，成书的条件已经成熟，只等待着一个伟大的作家去发现它、完成它。

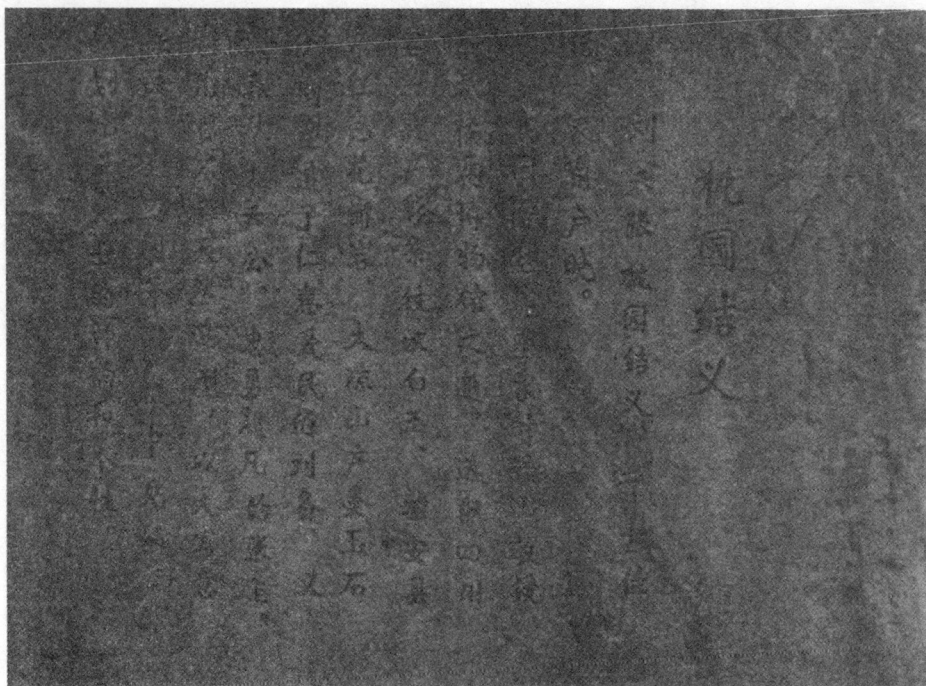

桃园结义石刻碑

　　遗憾的是，在中国古代，人们视诗文为文学创作的正统，小说则被视为末技小道，受到轻视。小说家的社会地位也很低，他们的生平创作很少有人关注，正史中没有他们的位置，就是野史对他们的记载也是零篇断简，少得可怜。所以，每当人们要去研究古代小说家的生平与创作情况时，面对零星的材料，常会发出感叹。罗贯中的情况也不例外，有关他的生平材料现存很少，只是在明初贾仲名的《录鬼簿续篇》中有简单而较为可靠的记载。

　　关于罗贯中的籍贯主要有四说：一是太

原人，二是杭州人，三是东原（山东东平）人，四是庐陵人。数十年来，以前两种说法为多，但迄无定论。今人刘知渐、王利器、沈伯俊、周楞伽等人均持东原说。从现有资料看，以东原说较为可信。

罗贯中的好友贾仲明说："罗贯中，太原人，号湖海散人。"在《录鬼簿续篇》中他说，罗贯中性格孤介，不擅与人交往，但很有文学才华。他与贾仲名是忘年交，元末天下大乱，两人天各一方，在至正甲辰会面之后，再也没有见过面。据此，有的研究者推测，罗贯中大约生活于1310年—1385年之间。徐渭说其与元末农民起

桃园三结义拉开了《三国演义》的序幕

历史演义小说的典型代表——《三国志通俗演义》

武侯石像

义领袖张士诚关系密切，可见他的为人处世不同常人。明人王圻《稗史汇编》载：罗贯中是"有志图王者"，比较关注政治和军事大事。甚至在那个动荡不安、群雄并起的社会中，曾试图奋起而称王。由此可见，罗贯中是元代末年一个有才华、有抱负、有雄心

壮志的文人。他身经元末社会的动乱，具
有一定的军事政治斗争的经验，有志于做
拯救天下的英雄，安邦定国。然而，出于
种种原因，他的这种英雄梦并没有在现实
中实现，于是他就把雄心转化为创作的激
情，通过文学创作抒发自己的人生理想，
将现实的挫折升华为艺术的创造。他还是
文学家施耐庵的学生，很有文才。总之，
他是一个有抱负、有理想、有一定军事才
能和深厚的文学修养的奇才，他具备了创
作《三国演义》所需要的一切条件。只有

万古长春石牌區

历史演义小说的典型代表——《三国志通俗演义》

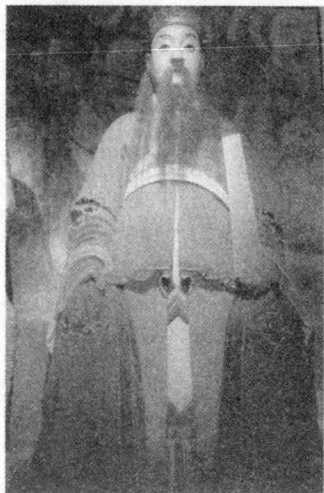

四川成都武侯祠一景

京剧脸谱张飞

到了罗贯中时，《三国演义》的故事才能最后完成。

除了《三国志通俗演义》之外，罗贯中还写了杂剧《宋太祖龙虎风云会》，歌颂了宋代开国皇帝赵匡胤的业绩；写了《隋唐志传》，歌颂了隋末唐初开基创业的帝王英雄；他还写了《残唐五代史演义》《三遂平妖传》等小说。

《三国志通俗演义》全书分为二十四卷，每卷十则，共二百四十则，每则用一句七言单句为题。这部书版本很多，现存的最早刊本是明嘉靖本。全书24卷，240则，题"晋平阳侯陈寿史传，后学罗本贯中编次"。它集中了宋元讲史话本和戏曲中的精彩部分，将元代的《全相三国志平话》全部加以改写（删去了荒诞的故事，增加了史实，扩充了篇幅），成为一部长篇巨著。此后，新刊本大量出现，但它们都只是在嘉靖本的基础上，作了一些增删、整理的工作，没有大的改变。到了清初，毛纶、毛宗岗父子对罗贯中的《三国志通俗演义》进行了改评，将原书的二百四十则改为一百二十回，回目也改为七言对句。另外，他们还对正文中的文字进行了某些改动，写有评语。书约成于康熙初年，比嘉靖本更加紧凑完整。现在人民文学出版社的版本，即根据这个本子重印，删去了评点。这就是我们通常所说的《三国演义》。

### （二）风起云涌的三国时代

作为历史小说，《三国演义》是符合历史小说的要求的。其中有许多段落都是根据陈寿的《三国志》而来。这就使这部小说基本上展示了三国时期一百多年的真实历史风貌，描绘出历史的发展轨迹，揭示了历史发展的规律，也合理地解释了历史现象，塑造了一大批历史人物，还原了历史真实，表达了民众的朴素愿望，正因为如此，它一直是下层民众了解三国历史的好教材。

河南许昌春秋楼关羽像

关羽像

武侯祠听鹤苑

作品深刻地揭示了统治阶级残忍、奢侈、功利和虚伪的本质。这是历代统治者的共同特征，是贬曹倾向形成的主要原因。

作品中董卓和曹操以残忍奢侈著称。董卓说："吾为天下计，岂为小民哉。"他杀百姓以充战功。杀洛阳富豪数千人以占有其财富。他建眉坞别墅，役民二十五万，其规模有如长安城，囤积粮食可用二十余年，选民间少女八百余人充实其中，金玉、彩帛、珍珠不计其数。曹操的人生格言是"宁教我负天下人，休教天下人负我"。他疑杀吕伯奢一家充分说明了他的残忍。他的父死于徐州，他便要杀徐州人以报父仇。曹操修建铜雀台

费时三年，耗费巨资，以娱晚年。与此相补充的是大开杀戒的战争，到处充满了血腥和恐怖，到处是千里无人烟，出门见白骨。老百姓流离失所，饿殍遍地。

统治阶级廉耻的缺失和道德的沦丧，政治上的功利性和道德上的虚伪性，在作品中也表现得淋漓尽致。在一个社会动乱、权势欲膨胀的时代，传统的道德观、价值观完全失去了约束力，对功利的追逐取代了一切。《三国演义》中，上层社会的统治者已丢弃了温文尔雅的外衣，暴露出赤裸裸的狰狞面目。在他们之间，崇高、友

武侯祠刘关张像

谊、善良、真诚等传统道德都出现了危机。取而代之的是尔虞我诈、勾心斗角、你死我活。君臣父子、夫妻兄弟、朋友关系等一切，都被残酷的政治斗争和利益争夺所取代。甚至，连神圣的爱情和婚姻，也成了斗争的手段，一切美的东西，都在面对蜕变。王允献貂蝉，就是用貂蝉的婀娜多姿和甜言蜜语离间对手吕布和董卓，进而除掉董卓，达到清除奸臣的政治目的；袁术同意儿子娶董卓的女儿，是为了借吕布之手杀刘备，以消除自己的威胁；曹操嫁女儿给献帝，是为了进一步控制皇帝，达到"挟天子以令诸侯"的目的；刘备东吴招亲，也是孙权为了控制刘备，以索回荆州。

面对这样的残酷现实，作者也用自己的独特方式歌颂了理想的政治和健全的人格。反映出当时的社会心理和人民的愿望。而这一点在作品中，主要体现在蜀刘政权上。作者把一切美好的、理想的东西都集中到刘备集团上，三国之争中曹操得天时、孙权得地利，刘备得人和。刘备的胜利，很大程度上是仁政和仁德的胜利。

自从儒学设计了"民为邦本"和仁政王道的蓝图，它就逐步沉淀为民族的社会

刘备忠烈庙一景

武侯祠一景

心理和民族意识。千百年来知识分子为之奋斗，广大民众向往不已。刘备打出的就是这张牌，刘备的过人之处就在这里。刘备没有什么特长，智商一般，武艺平平，家境贫寒，虽有皇室血统，也早已远离了政治权力的中心，实际作用不大。在找到诸葛亮之前，犹如一只无头苍蝇，到处乱闯，其势力不但无法与曹、孙相比，也远不及刘表和刘彰。他的制胜的法宝，就是不同于曹操的仁德和仁政。具体的表现在：

第一，聚义。"义"是"仁"的一种外在形式。刘备建功立业的起点就是从"义"开始的，即"桃园三结义"。兄弟三人抱定"上报国家，下安黎庶"的理想踏上奋斗的征程。这样的"义"，从此就成了他们的行动指南和行为准则。他们兄弟三人用一生演绎"义"的内涵。"义"使他们的集团有了凝聚力，也有了号召力。

武侯祠石刻

武侯祠三义庙

第二，爱民。刘备用其行动不断地为这句话作诠释。刘备的一生几乎是爱民的一生。刘备初为安喜县尉时，就以爱民而名声大噪。人们对他的评价是"与民秋毫无犯，民皆感化"。再为新野牧时，更是推行爱民政策，深得百姓好评。那里的百姓自编歌谣颂扬他："新野牧，刘皇叔；自到此，民丰足。"更为感人的是，当曹操来犯时，无力对抗，只好被迫转移。全城的百姓都舍家随他而去。部下劝他放弃，刘备却说：宁死也不抛弃百姓。至襄阳后，那里的老百姓也随其逃难，把一

武侯祠内石雕

武侯祠桃园一景

**历史演义小说的典型代表——《三国志通俗演义》**

次军事转移，变成了一次浩浩荡荡的难民大迁徙。两地百姓还高呼："我等虽死，也愿随使君。"因此，很好解释，为何占领成都时，作为侵略者的他，却受到了老百姓的夹道欢迎。这个结果体现的正是"仁"的力量。益州别驾张松献西川地图给曹操，碰壁之后有意路过荆州西川，想看看刘备是否像人们传闻的"仁义远播久已"。他刚刚到郢州界口，刘备已经派赵云"轻装软扮"，带领五百余骑人马等候多时。相见后"军士跪奉酒食"，赵云亲自进敬，"松自思曰'人言刘玄德宽仁爱客，今果如此'。"来到荆州界道，天色

成都武侯祠是中国唯一一座君臣合祀的祠庙

武侯祠内供奉的
诸葛亮像

已晚，而关羽却奉命"洒扫驿庭，击鼓相迎"，又"派上酒宴欢饮方罢"。第二天一早，刘备带领诸葛亮、庞统亲自来接，远远望见张松，便下马等候。这里把刘备集团礼贤下士、谦恭好客的风度分为不同层次，渐进深入地加以烘托和渲染，与张松的听闻相互印证，一下子就攫取了张松的心。他为刘备的"宽仁爱士"所感动，因而将西川地图献给了刘备，正如毛宗岗所说的："张松暗暗把西川欲送与曹操，曹操却白白把西川让与玄德。玄德以谦得之，操以骄失之也。"刘备留张松宴饮三日，却不提川中之事。十里长亭送别，玄德举酒酌松曰："甚荷大夫不外，留叙三日；今日相别，不知何时再得听教。"言罢，潸然泪下。张松自思："玄德如此宽仁爱士，安可舍之？不如说之，令取西川。"刘备先以言钓之。张松明确让刘备长驱西指，霸业可成时，他又一语漾了开去，表达了不忍夺"帝室宗亲"之心。张松听后，殷切地分析了益州这块宝地，已在他人觊觎之下，"今若不取，为他人所取，悔之晚矣"。直到这时刘备才流露出取川之难的想法，张松已在此刻，义无反

京剧《三国演义》剧照

顾地献出西川图本，上载"地理行程，远近阔狭，山川险要，府库钱粮"。如果说，刘备三顾茅庐从诸葛亮那里看到的西川挂图，启迪了战略意识，那么今天在这里看到的西川图本，则是战术上具体的打仗行军图了。至此，刘备集团迈开了向西川进军的坚实的一步。从中我们更深刻地体会到，刘备把仁义之术玩弄得烂熟，在道德的光环下，不知不觉地开拓进取，既不露痕迹，又名扬天下。

第三，平等的政治关系。刘备与部下、大臣是君臣——兄弟——朋友的关系，以

《隆中对》

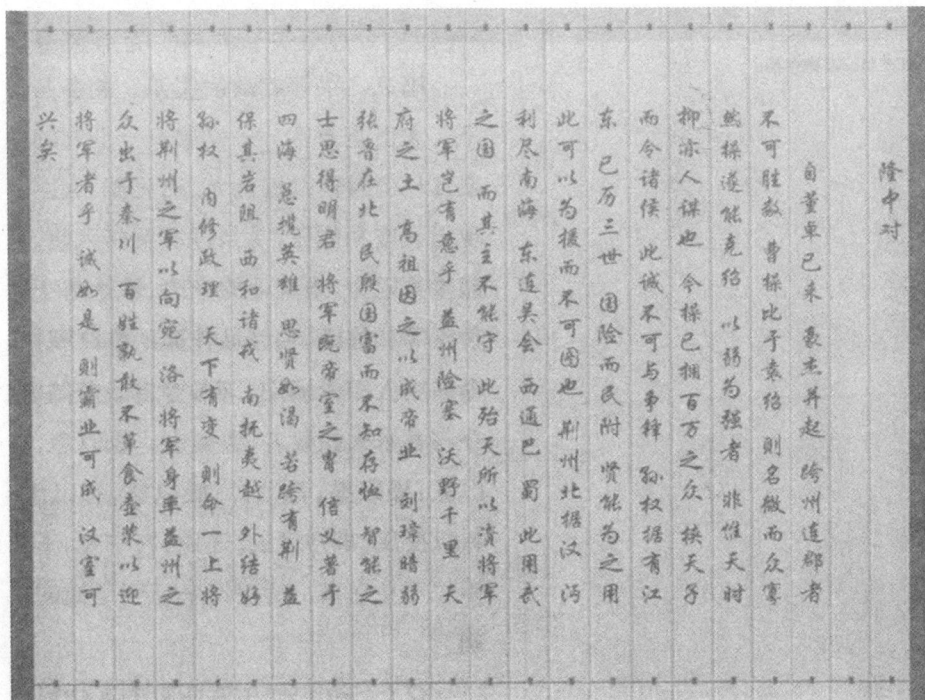

勉县定军山诸葛亮墓

义维持、以诚感人。对兄弟、大臣表现出大度和信任。关公过五关斩六将，克服重重阻力，来到他的身边，就是基于这种平等和信任。白帝城托孤的临终嘱托，令多少人泪流满襟。刘备曾自我总结说：今与吾水火相敌者，曹操也。操以急，吾以宽；操以暴，吾以仁；操以谲，吾以忠；每以操反，事乃可成。还说：吾宁死，不为不仁不义之事。历史完全证明了他的正确。

在《三国演义》中对所有的人物形象的塑造都是遵循着"人格上重忠义，才能上尚智勇"的原则进行的。

道德评判，是《三国演义》评价人物的

刘备像

一个重要标准。《三国演义》在人格的建构上，恪守的是以忠义为核心的道德标准。全书写人论事，都是以忠义作为尺度，区分善恶、评定高下。一般不问其身处何方，也不论贵贱贫富，只要义不负心，忠不顾死，一律加以赞美。特别是对孔明的"忠"，关公的"义"，著者倾注了全部的感情，把他们塑造成了理想人格的化身。孔明竭尽忠诚，为刘氏政权流尽了最后一滴血，病死沙场。关公的义更是被渲染到了极致。这样的道德标准，比较多地体现了民众的理想和愿望。

南阳武侯祠诸葛亮像

历史演义小说的典型代表——《三国志通俗演义》

湖北赤壁风光

荆州古城石雕

《三国演义》中评价人物能力的一个标准是崇尚智勇。这是作为个人立身之本来肯定的。要走出乱世成为强者，必须要有智和勇。因此，作者对此给予了充分的肯定。小说中写得最多的，称颂得最多的除忠义者外，还有两类人：智者和勇者。各个政治集团都有一大批这样的人。

除此之外，《三国演义》像一幅卷轴画般展示了那段气势恢弘、波澜壮阔的战争历史。

作品描写的战争类型多种多样。进攻战、防御战、阻击战、心理战、新闻战（揽二乔于东南兮，乐朝夕之与共），单骑突入、十里埋伏、短兵相接、铁骑漫卷、围而不歼、打而不追；以弱胜强、以强制弱；先胜后败、败中取胜；火攻水淹、虚张声势；离间计、假降计等等。

作品传授的战略经验值得后人借鉴。大量的战例告诉人们：战争不是简单的军事较量，而是政治、外交、智勇多种因素的综合。如奠定曹操在北方统治地位的官渡之战，改写历史的赤壁之战，安居平五路的外交战，还有从必然死亡中脱险的心理战——空城计。

# 三、《三国演义》的写作特点

荆州古城墙

## （一）历史的理想和迷茫

《三国志通俗演义》是一部历史演义小说，罗贯中是以三国时期的历史人物和事件作为基本素材创作这部小说的。因此，《三国志通俗演义》就与一般的小说有所不同，它具有"历史"和"文学"的两种特征和功能。这部小说用"依史以演义"的独特文学样式，描写了起自黄巾起义、终于西晋统一的近百年历史。"依史"，就是"事纪其实，亦庶几乎史"，对历史的事实有所认同，也有所选择、有所加工；"演义"，则渗透着作者主观的价值判断，用一种自认为理想的"义"，泾渭分明地褒贬人物，重塑历史、评价是非。统观全书，作者显然是以儒家的政治道德观念为核心，同时也糅合着千百年来广大民众的心理，表现了对于导致天下大乱的昏君贼臣的痛恨，对于创造清平世界的明君良臣的渴慕。这就是《三国演义》的主旨。因为它广泛而深入地反映了当时的社会生活，在作品中表现出极其丰富而复杂的思想，其思想内容主要有以下几个方面：

一是作品通过对三国时期各个政治集团之间军事、政治、外交事件的描述，生动形象地反映了当时各种斗争中所体现出来的经验和智慧。这些经验和智慧有些是可供我们去借鉴的。斗争的丰富多彩性不

古隆中

汉中一景

仅仅让人感觉紧张和好看，我们更能够从中看到人性的美与丑，看到人类的聪明才智，看到作者伟大的创造性。

二是作品真实地揭示了当时重重的社会矛盾和动乱不安的现实局面。在镇压黄巾起义的过程中，无数封建政治集团，发展了自己的政治军事力量，他们彼此征战，形成了军阀混战的局面，给人民带来了难以言说的深重灾难。我们不难从作品中看到作者对军阀罪恶的痛恨、对人民苦难的同情。修髯子在《三国志通俗演义·引》中所说的"欲知三国苍生苦，请听通俗演义篇"，就道出了

汉中古拜将台

全书的这一倾向。这部小说能帮助我们认识当时社会的黑暗和封建统治阶级的反动本性。

三是作品在一定程度上反映了动乱年代里人民群众的苦难生活与拥护统一的愿望。小说中虽然存在着"分久必合，合久必分"的历史循环论思想，但是，反对分裂、拥护统一的思想倾向，也是显而易见的。但是究竟应该由什么样的人或政治集团来统一天下，却是全书思想内容的关键。作者给我们广大的读者再现了当时封建军阀屠戮人民，劫掠百姓，从而使田园荒芜、生产凋敝、白骨如山，饿殍遍野的历史事实。作者对那些坚持分裂割据的军阀进行了无情的鞭挞和嘲讽。

　　作者在叙述和描绘历史人物时尽管有自己的感情倾向，但是他基本上能够如实地再现某些历史人物，比如曹操，作者虽然不赞成由他来统一天下，但在描写他同北方各个军阀进行斗争的过程中，却如实地描述了他的雄才大略。当然作者赋予曹操的主要还是奸诈、残忍、骄横、多疑的性格，罗贯中不仅写他"托名汉相，实为汉贼"的政治品格，而且还通过其残杀吕伯奢一家等情节体现了他的道德品格，从而为我们塑造了一个典型

罗贯中纪念馆

《三国演义》中的曹操被塑造成奸雄的形象

的以"宁使我负天下人，休使天下人负我"为信条的奸雄形象，使他成为封建统治者种种恶劣的品格的代表。而与曹操相对立的另一个军阀刘备，在作者的笔下，却具备了一个优秀的统治者所应该具有的一切美好的品质，成为一个"宁死不为负义之事"的理想中的贤明君主，与曹操形成了

赤壁遗址

鲜明的对比。很明显，刘备及以其为首的蜀汉集团，正是作者及广大人民群众的政治理想和希望，他们希望能有像刘备那样的明君，像孔明那样的贤相，并由他们来实现统一天下的理想。当然，这样的理想和愿望并没有实现，刘备、诸葛亮以及他们的后继者都没有能够完成这一统一大业，因此，在小说中又具有了某种悲剧性色彩。作者生于元明易代的动乱之际，他在作品中表达这样的理想和愿望，也是一种深沉的寄托。作者本来寄希望于蜀汉，希望刘备和诸葛亮能够君臣际会，做出一番惊天动地的伟业，使自己和其他百姓能够安居乐业。这种反对分裂、主张统一的思想，不仅反映了广大人民的深切愿望，同时也符合历史发展的趋势，具有进步意义。

作者"尊刘贬曹"的感情倾向十分鲜明。陈寿的《三国志》是以魏为正统，称颂曹操是"非常之人，超世之杰"；而罗贯中的《三国演义》则以蜀汉为正统，贬曹操为"治世之能臣，乱世之奸雄"。尊曹或尊刘，是史学家们长期争论的话题之一，但这只不过是封建正统观念在不同历史条件下的不同表现。《三国演义》中"尊刘贬曹"的思想倾

汉中三国古虎头桥
遗址

向有其历史根源，也有作者的情感和主观因素，如何看待这一思想倾向，需要我们辩证地去看问题，需要我们能够从一个比较客观的角度站在一个历史的高度去评价这些历史人物和历史事件。

四是作者热情地歌颂了忠义、勇敢等人类优秀的品质。作品成功地塑造了一些杰出人物。关羽，作为蜀汉名将，不仅勇武，更重要的还是他的忠义。他在身陷曹营之后，不为金钱美色所动。为了寻找刘备，关云长千里走单骑，过五关斩六将，这里表现的是关羽对刘备的义重如山。为了进一步表现关羽的义，作者甚至写他华容道义释曹操，当然，这种"义"从一定意义上来说是以个人恩怨为前提的，并非值得我们去推崇的国家民族之大义。还有能体现出这种勇敢和忠义的人物在作品中是很多的，如冒死救自己主公妻儿的常山赵子龙；如喜欢赤膊上阵拼死救曹操的许褚等等。

当然作品中也存在着明显的封建糟粕，这是不容置疑的事实。如在毛本中得到强化的历史循环观和正统的观念等等，这些都是有一定局限性、落后的封建主义历史观。另外，作品中也多处出现带有封建迷信色彩的描写，这些也是应予以否定和批判的。当然，这和作者所生活的时代和其认识自然、社会的能力有关，我们不应对作者有太苛刻的要求，我们还是应以其作品的整体价值为主，不能因点而否面。

### （二）气势非凡、波澜壮阔的历史画卷

罗贯中的《三国志通俗演义》取材于历史，同时在小说中将历史之实与艺术之虚巧妙结合依存，做到了虚实的有机结合，小说以非凡的叙事才能、全景式的战争描写、特征化性格的艺术典型塑造等突出的特色，取得了令人瞩目的艺术成就，成为

六角井

中国古代历史小说创作中不可企及的高峰。

首先,《三国演义》在民间传说和宋元"讲史"的基础上, 吸取和发展了说书人讲故事的艺术传统, 善于组织故事情节、故事性强, 且惊心动魄、引人入胜。

小说的结构, 不仅宏伟壮阔而且严密精巧。《三国志通俗演义》的战争描写, 继承了从《左传》到《史记》中的战争描写传统, 并加以发扬光大、创新提高。全书写了大小几十个战争场面, 其中有两军对阵的厮杀, 也有战略战术的运用; 有以少胜多的范例, 也有出奇制胜的妙计; 有水战, 也有火攻。每一个战争场面都写得具体而生动, 形

汉昭烈帝刘备像

草庐遗址

式多样而不呆板，表现出战争的复杂多变。比如诸葛亮七擒孟获，七放七擒，每次擒拿孟获的形式都不一样，而他的六出祁山，也各自不同。再如用火攻的战例，诸葛亮火烧新野用的是火攻，周瑜在赤壁之战中火烧战船用的是火攻，陆逊大破刘备同样也是用的火攻，可每次战争的形势不同，敌我双方的力量不同，所用的火攻也就有所差异。

其次，在创作历史小说中，首先要解决的问题，就是"虚"与"实"的构思安排。《三国演义》是在依据史实、博采民间各种传说的基础上加以创造而成的。它虚实结合、构思巧妙。可以说《三国演义》是七分实写三分虚写，也就是说整部作品的主干、框架基本上是史实，而具体的情节与人物性格往往是虚构的。这部小说所描述的时间长达近百年，人物更是多至千人，事件也是错综复杂、头绪纷繁。而描述的历史事件和人物不仅仅要做到虚实结合，同时还要注意增强故事和人物的文学性和艺术性。我们可以看到，作者在结构的安排上是有很大困难的。但是作者却能写得井井有条、脉络分明，从各个章回看，基本上都能独立成篇，而从全书来看，又是一个非常完整的艺术整体。这都得力于作者的宏伟而巧妙的构思。罗贯中

武侯祠一景

诸葛亮像

以蜀汉政权为中心，以魏、蜀、吴之间的矛盾纷争为主线，来展开全书的故事情节，情节既曲折多变，又前后连贯；线索既有主有从，而又主从密切配合。

再次，小说成功地塑造了一大批栩栩如生的人物形象。特别是其中的主要人物，无不个性鲜明、形象突出、有血有肉。罗贯中描写人物，善于抓住人物的基本特征，突出其某个方面，加以夸张，并用对比、衬托等手法，使人物个性鲜明生动。这是作者塑造人物的一条基本方式。小说中运用这一方式的最好说明，就是被人们称为

成都武侯祠荷花塘

"三绝"的曹操、关羽和诸葛亮，即曹操的"奸绝"——奸诈过人；关羽的"义绝"——"义重如山"；诸葛亮的"智绝"——机智过人。作者在刻画人物时，往往是把人物放在惊心动魄的军事、政治斗争中，放在尖锐复杂的矛盾冲突中来塑造，通过一系列的故事情节和人物语言表现其复杂的性格。曹操、关羽、诸葛亮，之所以被称为"三绝"，就是因为他们的个性特征是非常突出的。作者通过在某一事件中，一些才智相当的人物之间的较量来表现人物的性格。例如在赤壁大战中，诸葛亮的对手，既有老谋深算的曹操，又有俊雅多才的周瑜，而诸葛亮的智慧和才干特别是他的预见性，恰恰是在战胜这些强大对手的过程中得到了充分的展现。再有就是在空城计的故事情节中，诸葛亮的另一个强大对手司马懿也是一个才智高绝的智者，诸葛亮的智慧又一次在与强者的对决中得到完美表现。

最后，作者以大量的篇幅描写了大大小小四十余场的战争，成为描写古代战争场面的典范作品。作者在作品中给我们展现了一幕幕惊心动魄的战争场面。在这些场面中尤以袁曹的官渡之战、魏蜀吴的赤壁之战、蜀吴的彝陵之战最为出色。对于决定三国兴亡的几次关键性的大战役，罗

兽耳青瓷卣（三国·吴）

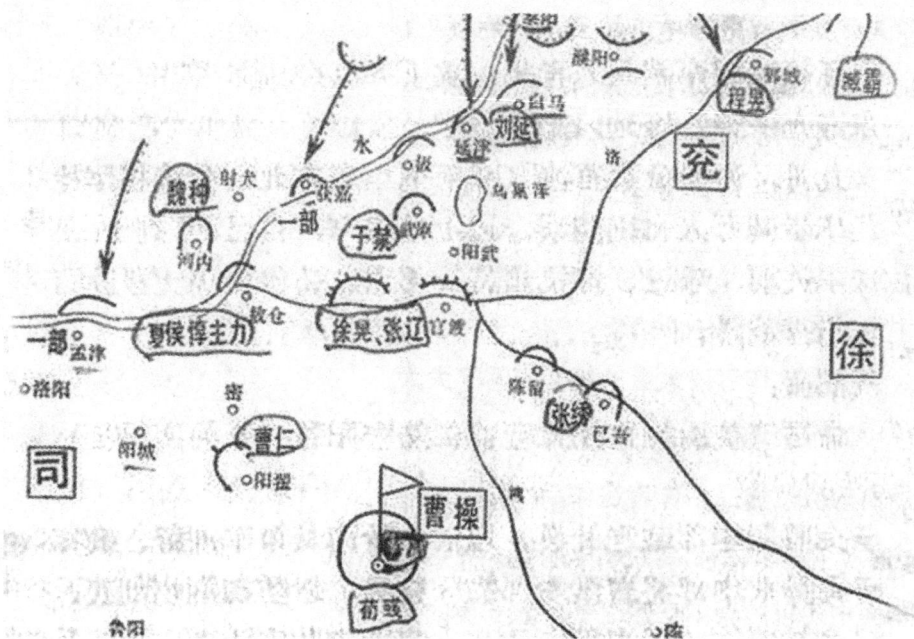

官渡之战作战图

贯中总是着力描写，并以人物为中心，描绘出战争的各个方面，特别是对战前双方或多方准备情况的描写，敌对双方如何使用战略战术，如何排兵布阵，如何打探虚实，如何利用对方的弱点等，都描绘得十分生动逼真。因此，我们所读到的战争场面丰富多彩，千变万化，各具特色，充分地展现了战争的复杂性和多样性。

如赤壁之战，共有 9 回的篇幅，前三回集中写双方的战略决策，在曹魏近百万大军的威胁下，诸葛亮奔走于夏口、柴桑间，争取与东吴结盟；而孙吴政权内部也展开了激烈的辩论，主战和主和各执一端、互不相让，最终孙权由狐疑不定到誓死抗战；诸葛亮舌战斗智，激将等法齐用。整个决策过程跌宕起伏、变化莫测。在战争进程中，又出现了孙、刘之间又联合又斗争，东吴政权内部主战主和的矛盾；主战派内部周瑜、鲁肃对待同盟军不同策略的矛盾。作者把政治斗争与军事斗争结合起来，使战略决策的描写具有更深刻的内涵。

三国演义中，人物斗智斗勇相结合，并进一步突出孙刘联军战术运用的正确，进而揭示战争胜利的原因。作者紧紧抓住了北方人不习水战这一重要线索，描写蜀吴联军如何扬长避短、变劣势为优势；而

武侯祠一景

江苏无锡三国城"火烧赤壁"景区

魏军又如何想方设法摆脱不利因素，但终因种种失误而导致失败。在这场战争的整个过程中，可以说是奇计迭出，首先是周瑜利用蒋干进行反间计，除掉深谙水战的蔡瑁和张允；然后是庞统献连环计；之后是黄盖的苦肉计等等，这一切战术谋略的运用，都进一步增强了作品的艺术可观性。

我们从作者的描绘中既能看到战争的激烈、紧张、惊险，而又不觉得战争的凄惨，往往具有昂扬的格调，有的还表现得从容不迫、动中有静、有张有弛。作者所追求的艺术效果，并不是给我们展现战场和战争的热

赤壁大战陈列馆

闹，而是表现那些将帅们在战争中的智慧和思想。

除此之外，作品的语言、文风也颇有特点。小说语言精练畅达，通俗晓畅。当然在今天来看，这部小说的语言似乎半文不白，但在当时它却和老百姓的日常口语白话相当，作者采用这种文字来写长篇小说，可以说是一种创举，是一个明显的进步。

当然，《三国演义》在艺术处理上也有一些比较明显的不足。这主要体现在人物塑造方面，作者为了突出人物的某一性

赤壁之战遗址

赤壁之战遗址

格特点而写得太"过"，也就是有些想象和夸张运用得不尽合理，产生了过犹不及的效果。鲁迅先生曾对此做过比较中肯的评价，他说："至于写人，亦颇有失，以致欲显刘备之长厚而似伪，状诸葛之多智而近妖。"（《中国小说史略》）另外，就是一些宣扬宗教迷信方面的情节，显然也是艺术上的重大缺憾。

# 四、《三国演义》的人物脸谱

在具体的故事叙述和人物描写中，罗贯中在不违背历史精神的原则下，对三国时期的历史和人物进行了特殊的艺术再现，进行了合理的改造和虚构。全书所写人物共有四百多人，成功的有十几人，其中性格最鲜明、特征最突出的是"三绝"。

## （一）"奸绝"曹操

曹操是书中刻画最成功的人物，他具有深广的内涵和鲜明的特征。是一个在价值和道德判断上彻底否定的人物，也是美学评判上不朽的典型。被称为"古今第一奸雄"。

他是一个经典的阴谋家和野心家，身上

曹操塑像

三曹像

集中了人类社会的一切丑恶和罪孽。年轻时许邵为其看相，预言说他是"治世之能臣，乱世之奸雄"。曹操听了之后，激动不已，每天盼望动乱的到来。最能体现其残暴本性的是大量杀人。他假装中风诬叔，初尝奸诈的甜头，获得了自由空间。他的杀人方式繁多、富有创意。例如他借谋反杀人：除掉政治对手，扫清夺权障碍，展示出无中生有、造谣的力量。仅一次就杀掉了伏皇后、董贵妃、马腾、伏完、吉平等七十余个强劲对手和七百余个无辜者，连怀孕五个月的妇女也不放过。他因疑而

一世枭雄曹操像

杀人，例如华佗、吕伯奢、蔡瑁、张允。他借刀杀人，例如杀祢衡就是为了泄私愤。他梦中杀人，例如杀仆人是为了保护自己。他酒后杀人，例如他杀刘馥就是为了警告别人。他因忌而杀人，最典型的例子就是杨修。

曹操的狡诈善变不仅体现在他对待自己的部下上，连朋友也不放过。他谋划刺杀董卓，由刺杀到献刀，由凶相到媚态，在瞬间完成角色的转变，不露声色，入情入理，非常人所能做到，免去了一场杀身之祸，又获得了英雄的美名。他释放张辽，张辽被擒归来，先是拔剑在手，定要亲自杀掉张辽，此时，刘备挽住他手，张飞跪求于前，他立即明白了杀张辽弊大于利，瞬息之间，电击雷轰的脸上变得春风荡漾，掷剑在地"亲释其缚，解衣衣之，延之上座。"这一招效果明显，既收买了人心，又延揽了大将。

他看上去似乎哭笑无常，但是哭笑的时机掌握得恰到好处。赤壁之战后三次中埋伏时的三次大笑，以激励将士们的勇气和斗志，逃出重围后，真正地解除了危机，却捶胸顿足地大哭了一次，大哭早死的郭嘉："如郭奉孝不死，哪有今日之败！"这一哭，既祭奠了死者又骂了生者，具有深意。

他可以随便说谎。官渡之战时与许攸的对话就可以表现出来。"可支一年""半年耳""三个月"。即使对别人的真诚，也使用谎言，一点也不脸红，训练有素。

但是，说曹操是一世枭雄，也就是肯定他英雄的一面，毛泽东就评价说："曹操是一个英雄。他有头脑、有眼光、有胆略、有气魄、有自信，文才武略，样样超人。青梅煮酒，以英雄自诩；横槊赋诗，以周公自比。他眼光远大、识才重才。例如，识关公于弓马手之时，说服袁绍让关公出战，斩华雄前斟酒壮行；始终与关公

荆州古城墙

《三国演义》的人物脸谱

交好，最后终于在华容道被关公义释。他识刘备，在青梅煮酒论英雄之时，就曾经说：'天下之英雄，惟使君与操耳！'他还曾说：'生子当如孙仲谋。'毛宗岗说：'操爱才如此，焉有不得天下？'"

在三国人物中，无论在政治上，还是在军事上，曹操都算得上是一位出色的智者。他一生打过许多漂亮仗，最能体现其智慧的是一些败中取胜的战斗。如败中取胜的濮阳之战、以少胜多的官渡之战等等。

总之，曹操是奸和雄的结合体，同时又是刘备的衬托者。他虽奸犹雄、以奸显雄、奸得可爱、奸得有趣。唯有他的奸，才更能反衬出刘备的仁。

刘备像

## （二）“忠绝”关公

关羽是按照社会理想塑造出来的典型，因此获得了社会各阶层的喜爱和尊重，官方和民间都修关帝庙，各行各业的人都敬奉关公。关公是一个超时代、超阶级的艺术典型。

他神勇无敌。他战胜敌人不是靠力量、武艺、技巧、战术，而是凭一种磅礴的气势，任何强大的敌人在他的面前只有引颈就戮的份。华雄、颜良无不如此。斩颜良，刀起头落，干净利落；死后还能显灵，使曹操落下了头痛的毛病。他坚持大义。他有信用、待人忠诚，一生履行着自己的诺言，追随刘备，过五关斩六将投奔刘备，死后

智慧的化身——诸葛亮

化为神还在为蜀汉出力。他超越了集团和阶级的利益，义释曹操。这也使他得到了各阶层和各类人的崇敬。官方的、民间的、正义的、邪恶的，甚至连小偷、强盗也敬之若神。

但是这样一个人物身上也有弱点，最致命的一点就是他的傲气。因为他听不进意见，导致了自己败走麦城而丢失荆州。因此，关公的悲剧是性格的悲剧。

### （三）"智绝"诸葛亮

诸葛亮是《三国演义》的第一主角，小说中有七十回以他为核心。

他的身上集中华民族的智慧于一身，天文、地理、人文、历史、国计民生，无所不知、无所不晓。他的智集中了中国传统文化的精华，是一种融会贯通的大智慧。隆中对策中充满了辩证法和老子的思想和智慧。他谈到的"两可两不可"和曹操由弱而强、袁绍由强而亡的想法充满了辩证法。他告诉刘备什么该为，什么不该为。聪明是一般的智慧，我们的生活中并不缺乏聪明者。具有大智慧的人，一个时代不会很多。这主要指具有战略眼光的人。大智如"隆中对策"未出茅庐而尽知天下。中智如赤壁之战，七擒孟获，都是最能体现诸葛亮智慧的章节。如果说"隆中对策"只是一种设想，那么赤壁之战则是具体实施。小智如借东风、缩地法、祭水、木牛流马、八卦阵等。

诸葛亮所发明的八卦阵

诸葛亮的智慧有两个来源，一是丰富的知识储备，二是已有知识的融会贯通。这样，当作者把那些子虚乌有的东西加在他身上时，显得那样自然可信。

诸葛亮是忠诚和道德的化身。作为两朝元老，他一片忠诚。一旦选定明君，终身追随。白帝城托孤后，竭尽全力辅助幼主，从未生篡位之心；六出祁山，明知不可为而为之，最后病逝沙场，履行了"鞠躬尽瘁，死而后已"的诺言。他又是道德的楷模，在他的身上体现了中国的传统美

诸葛亮铜像

卧龙遗址

德。不居功、不争功、不记恨，任劳任怨。误用马谡，自贬三级，还能重用马谡儿子；西取成都，让庞统建功；尽管妻子丑陋，但却忠于爱情。

总之，三国演义塑造人物形象的特点主要是突出人物主要性格，即特质型性格（单一化、类型化、定型化、终极型），性格特征比较单纯、稳定，犹如雕塑，给人以强烈而深刻的印象，同时也有程式化、脸谱化、简单化的不足。

人物一出场就已定型。曹操之奸、关羽之忠、诸葛之智。这些性格的形成不需要理由，也不需铺垫，为鲜明而失真。但是他描写人物用反复渲染的方法，用同一性质的事不断堆积，造成放大效应，也起到突出效果的作用。在描写的细节上也注意加强。例如关公斩华雄归来"其酒尚温"的细节，加强了其神勇的性格；张飞在长坂坡桥上的三声大喊，使夏侯霸跌下马来，肝胆俱裂，百万曹军，人如潮退、马如山崩的细节，大大突出了张飞勇猛的性格特征。如此刻画人物，与故事的流传经历了说书和话本的阶段有很大的关系。因为只有这样，才能加深听众的印象、留下记忆。

五、《三国演义》的故事及影响

"三代下一人"指的是，诸葛亮是夏、商、周以后的第一人杰

# （一）流传至今的三国故事

## 1. 桃园结义

东汉末年，朝政混乱，再加上连年的天灾人祸、各地战乱，人民生活非常困苦。刘备有意拯救百姓，张飞、关羽又愿与刘备共同干一番事业。桃园三结义是《三国演义》中的第一个故事。我们也会从作品中真正感受到刘、关、张三人的兄弟情义，甚至只要有人提起刘备、关羽和张飞，人们自然会想到他们当年在张飞庄后那花开正盛的桃园，备下白马青牛，祭告天地，焚香结义，宣誓结盟的动人场景。桃园结义从此成为人们千古传诵的故事，后来也不乏其人一次次地效仿刘、关、张焚香结义。刘、关、张之间建立的这种兄弟忠义也是中国几千年来为人们所称道的良好品性之一。

## 2. 三让徐州

这个故事见于《三国演义》第十一回："刘皇叔北海救孔融，吕温侯濮阳破曹操。"这是展现刘备仁义性格的一个典型故事。在汉献帝初平四年（193年），曹操割据了兖州，曹操派泰山太守应劭前往琅琊迎接其父曹嵩及家人百余口到兖州。在途经徐州时，徐州牧陶谦为交好曹操特派都尉张闿护送曹嵩一行。不料张闿杀死曹嵩及其家人，席卷财物而去。于是曹操便把账记在陶谦身上，以为父报仇为名，发兵攻打徐州。

陶谦面对兵临徐州城下的曹操大军，自知难以御敌，便采纳别驾从事糜竺的建议，请北海相孔融、青州刺史田楷前来相救。孔融请刘备同去救陶谦。刘备遂欣然带领关羽、张飞、赵云和数千人马奔赴徐州。

刘备率军在徐州城下与曹军将领于禁小试锋芒，初战告捷，使久被曹军围困的徐州暂时缓解了危机。于是陶谦急令将刘备迎入城内，盛宴款待。陶谦席间便主动

阆中汉桓侯祠（张飞祠）

提出将徐州让给刘备，说："当今天下大乱，国将不国；公乃汉室宗亲，正当为国出力。老夫年迈无能，情愿将徐州相让。公勿推辞。我当自写表文，申奏朝廷。"刘备闻言愕然，急忙推辞说："我虽是汉室苗裔，但功德不足称道，任平原相犹恐不称职。我本是为了义气前来相助。您这样说，莫非怀疑我有吞并之心？"陶谦表白说："这是老夫推心置腹之言，绝非虚情假意。"但刘备只是推辞，终不肯接受。糜竺见两人再三辞让，便说："现在兵临城下，且当商议退敌之策。待事平之后，再议相让不迟。"于是刘备写信给曹操，希望曹操以国家大义为重，撤走围困徐州之

古都徐州

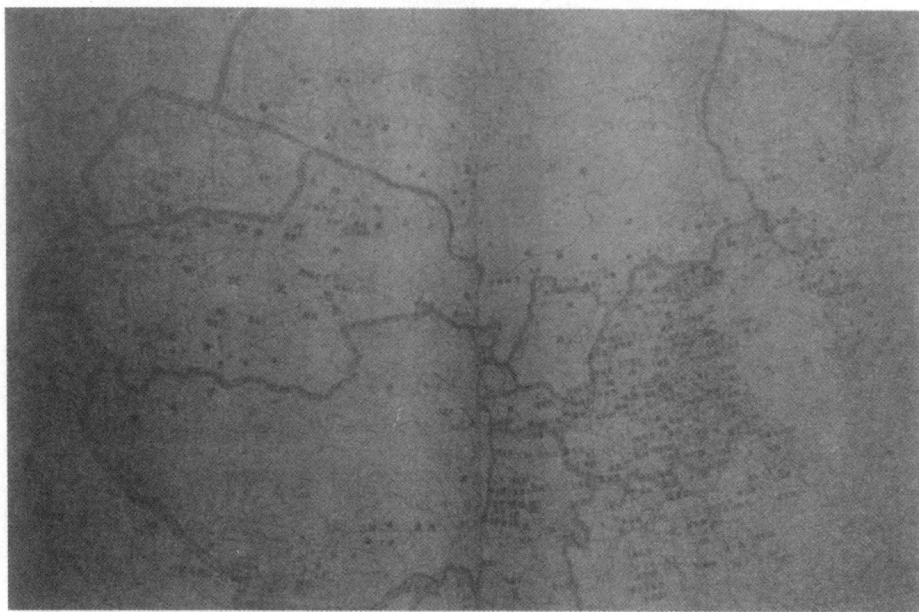

兵。恰好这时吕布攻破兖州，进占濮阳，威胁曹操后方。因而曹操便顺水推舟，卖个人情，接受刘备建议，退兵而去。

陶谦见曹军撤走。徐州转危为安，便差人请刘备、孔融、田楷等入城聚会，庆祝解围。饮宴既毕，陶谦再向刘备让徐州。刘备说："我应孔融之约救援徐州，是为义而来。现在若无端据有徐州，天下将以为我是不义之人。"糜竺、孔融及关羽、张飞等皆纷纷劝刘备接替陶谦治理徐州。刘备苦苦推辞说："诸位欲陷我于不义耶？"陶谦推让再三，见刘备终不肯受，便说："如您必不肯受，那就请暂驻军近邑小沛，以保徐州，何如？"众人也皆劝刘备留驻小沛，刘备方始同意。

不久，陶谦染病，日渐沉重，便派人以商议军务为名，把刘备从小沛请来徐州。陶谦躺在病榻上对刘备说："今番请您前来，不为别事，只因老夫病已垂危，朝夕难保；万望您以汉家城池为重，接受徐州牌印，老夫死亦瞑目矣！"刘备说："可让您的二位公子接班。"陶谦说："其才皆不能胜任。老夫死后，还望您多加教诲，千万不能让他们掌握州中大权。"刘备还是辞让，陶谦便以手指心而死。举哀毕，徐州军民极力表示拥戴刘备执掌州权，关羽、张飞也再三相劝。至此，刘备才同意接受徐州大权，担任徐州牧。

德阳庞统墓

平襄楼（姜维祠）

### 3. 煮酒论英雄

这个故事出自《三国演义》第二十一回，当时曹操挟天子以令诸侯，势力如日中天、意气风发、雄心勃勃；刘备虽为汉室宗亲、贵为皇叔，但当时却势单力薄、寄人篱下。刘备非常了解曹操的为人，为防曹操起疑心，对自己不利，他不得不实行韬晦之计。他整日在住处后园种菜，亲自浇灌，给人以胸无大志、与世无争的印象。刘备的两个义弟却并不理解其打算，抱怨其不留心天下大事，却学小人之事。

但曹操对刘备却是礼敬有加，从刘备投奔他那天起，就对刘备非常客气。曹操当时也是想试探刘备是否有称霸之心，所

三国文物展览

以有一天，刘备正在后院浇菜，曹操派许褚、张辽等人去请刘备到府中一叙，刘备无法揣测曹操的用意，有些惴惴不安，只得一同前往入府见曹操。曹操却笑对刘备说，"在家做得好大事！"刘备听到此话吓得面如土色，曹操执其手走入后园，说："玄德学圃不易！"刘备方才稍稍放心下来。曹操说，适才看见园内枝头上的梅子青青的，想起一件往事，今天见此梅，不可不赏。又值煮酒正熟，故邀使君小亭一会。刘备听到这里后心神方定。刘备随曹操来到小亭，二人对坐，于是便将盘内青梅放在酒樽中煮起酒来了，二人开怀畅饮。酒至半酣，忽阴云密布，骤雨将至。从人遥指天上有云似龙，曹操与刘备凭栏观之。于是曹操大谈龙的品行，又将龙比作当世英雄，说："龙能大能小，能升能隐；大则兴云吐雾，小则隐介藏形；升则飞腾于宇宙之间，隐则潜伏于波涛之内。方今春深，龙乘时变化，犹人得志而纵横四海。龙之为物，可比世之英雄。玄德久历四方，必知当世英雄。请试指言之。"于是问刘备，请你说说当世英雄有哪些，刘备佯装胸无大志的样子，列举了几个人，但都被曹操一一否定。曹操说："夫英雄者，胸怀大志，腹有良谋，有包藏宇宙之机，吞吐天地之志者也。"并说："今天下英雄，唯使君与操耳！"刘备听到此处，大吃一惊，手中

青梅煮酒论英雄

古隆中

拿的筷子不觉掉在地上。恰在此时骤雨降下，雷声大作。刘备借机俯身拾起筷子，并说是因为害怕打雷，才掉了筷子。曹操见此方才不疑刘备。后来刘备自请带兵伏击袁术，曹操应允，刘备趁机逃离险地。

### 4. 三顾茅庐

三顾茅庐是指三国时刘备三次到诸葛亮住处请他出山辅佐自己的事。在《三国志》中对此仅有"凡三顾，乃往"的简略记述，而到了罗贯中的《三国演义》则对这一事件进行了详细的描述，进而体现出诸葛亮的重要性。

207 年冬至 208 年春，刘备占据新野，在徐庶和司马徽的推荐下，带着关羽、张飞，三次到南阳（今湖北襄阳隆中）拜访诸葛亮。第一次来到茅庐时，诸葛亮已外出，三人无功而返；数日后，刘、关、张二顾茅庐，却只见到诸葛亮的弟弟诸葛均，得知亮已出游，刘备留下一笺，表达了自己的倾慕之意。一段时间之后，刘备与关羽、张飞三顾茅庐，恰逢诸葛亮在家，但昼寝未醒。刘备于是吩咐关羽、张飞两位在门外等候，自己则徐步而入、立于阶下，直等到诸葛亮醒后，方才相见。诸葛亮非常感慨于刘备的诚心，于是便有了"隆中对"的一幕。

所谓隆中对，即诸葛亮在刘备三顾茅庐时，根据自己对当时政治形势的观察，为刘备详细分析了当今的天下形势，并依据刘备的实际情况而提出了相应的战略对策：首先是要有自己的立足点，占领荆州、益州，然后就是东和孙权，北拒曹操，形成鼎足而立之局，继而再图取中原的战略构想。历史上把诸葛亮的这次精辟的对形势的分析称为"隆中对"。

### 5. 携民渡江

刘备、诸葛亮在新野大败曹军后，移驻樊城。曹操为了报仇，分兵八路，杀奔

三顾茅庐

樊城而来。曹军势大，刘备兵微将寡，樊城池浅城薄，诸葛亮料定抵挡不住，便劝刘备放弃樊城，渡过汉水，往襄阳退去。刘备不忍抛弃跟随多时的百姓，就派人在城中遍告："曹兵将至，孤城不可久守，百姓愿随者，可一同过江。"城中百姓，皆宁死相随。刘备令关羽在江边整顿船只。百姓拖家带口，扶老携幼、号泣而行，两岸哭声不绝。刘备在船上见此情景，心中悲恸不已，哭道："为我一人而使百姓遭此大难，还有什么脸面活在世上！"说罢，就要投江自尽。左右急忙抱住，众人见状，莫不痛哭。

刘备到了南岸，回顾江北，还有无数未

河南南阳卧龙岗

渡江的百姓往南招手呼号。刘备急令关羽催船速去渡百姓过江。直到百姓将要渡完，方才上马离去。

携民渡江这件事，使刘备爱民的名声在中原地区广为流传。后人有诗赞之曰："临难仁心存百姓，登舟挥泪动三军。至今凭吊襄江口，父老犹然忆使君。"

## 6. 草船借箭

这个故事出自《三国演义》第四十六回："用奇谋孔明借箭，献密计黄盖受刑"曹操在平定北方之后，意气风发，于是凭借强大的兵力想一举统一江南。于是出现了东吴与刘备联合抗曹的局面，而蜀吴联军弓箭缺乏，于是周瑜想借机除掉自己的心腹之患诸葛亮，便命诸葛亮十日内制造十万支箭。而诸葛亮却说只需三日便可完成任务，并立下军令状。鲁肃非常爱诸葛亮之才，特意来见诸葛亮，与其商量对策，诸葛亮却表现出胸有成竹的样子，但是他第一天不见动静，第二天依然没有任何行动。到了第三天四更时分，诸葛亮密请鲁肃到其船上，与其把酒闲叙。同时，命令军士把二十条船用绳索连好，并在船上扎满草人，向曹营进发。恰在此时，江上大雾弥漫，即使是近在咫尺也很难辨清事物。到了五更时分，诸葛亮的小船队接近曹营。于是诸葛亮命令军士们

江上大雾弥漫，难辨事物

在船上擂鼓呐喊，佯装来偷袭。无奈江上雾大不能视物，曹军只好调遣三千弓箭手向船上射箭。而当草人身上密密地插满箭时，天已即将破晓，诸葛亮于是下令收船回营。并命军士们高声叫喊："谢谢曹丞相的箭！"高高兴兴地回到自己的驻地。回营之后，诸葛亮命人把箭取下进行点数，十万有余。诸葛亮于谈笑间完成了别人认为根本无法完成的任务。

## 7. 过关斩将

建安五年正月，车骑将军董承等刺杀曹操的计划泄露，董承、王子服、种辑皆被屠灭三族，唯参与密谋的刘备侥幸逃脱，

河南南阳卧龙岗武侯祠一景

诸葛亮所发明的木牛流马

且势力越来越大。曹操亲自征讨刘备，刘备惊悉曹操军将至，亲率数十骑出城观察，果然望见曹军旌旗，只得仓促应战，被曹军击溃，刘备妻子被俘。曹操接着攻陷下邳，迫降了关羽。刘备则逃到邺城投奔了袁绍。曹操赞赏关羽为人，拜其为偏将军，礼遇甚厚。不久却觉察关羽心神不定，无久留之意，便对与关羽关系甚好的张辽说："卿试以情问之。"张辽去问关羽，关羽叹息道："吾极知曹公待我厚，然吾受刘将军厚恩，誓以共死，不可背之。吾终不留，吾要当立效以报曹公乃去。"张辽将关羽的这番话转告曹操，曹操听说后，不但没有怨恨关羽，反而认为他

奉节白帝城诸葛亮观星亭

有仁有义，更加器重他。曹操备赞关羽的勇武，对他重加赏赐，封他为汉寿亭侯（汉寿，地名；亭侯，侯爵名）。关羽斩杀颜良后，曹操知其必去，遂重加赏赐。关羽把曹操屡次给他的赏赐都封存妥当，把汉寿亭侯的印绶挂在堂上，给曹操写了封告辞信，保护着刘备的家小，离开曹营，到袁绍军中寻找刘备。曹操将士闻后，要去追赶，曹操劝阻说："彼各为其主，勿追也。"

从关羽被擒到他立功报曹、重新投奔刘备，这段经历始终口耳相传，流传深远。到《三国演义》，则形成了一个花团锦簇、精彩纷呈的故事单元，包括关公屯土山约三事（降汉不降曹；礼待二嫂；一旦得知

关羽像

刘备下落，便当辞去）；曹操厚待关羽，小宴三日，大宴五日；曹操赠袍，关羽穿于衣底，上用刘备所赐旧袍罩之，不敢以新忘旧；曹操赠赤兔马，关羽拜谢，以为乘此马，可一日而见刘备；关公斩颜良；关公挂印封金；过五关斩六将，古城兄弟相会等。在中国，很少有人不知道这段故事。

## 8. 刮骨疗毒

这是《三国演义》中又一个关于关羽的故事，它让我们看到了一个战神关公，他的勇气和毅力是普通人所无法想象的。关羽与曹仁军队对峙，将其围在城中，在其攻打樊城时，关羽亲自在城下骂阵。曹仁命令弓箭手射箭，关羽右臂中箭，于是收兵回营。手下将领劝说关羽回荆州疗伤，但是关羽却说不能因为自己的一点点小伤就耽误国事，坚决不肯回去。实际上关羽中的箭头有毒，而且毒已入骨，关羽的胳膊变得青肿且活动不便。于是众人只好到处寻找良医。有一天，一个自称为华佗的医生来到营中，他说自己听说关公中了毒箭，特意前来为其医治。关羽因右臂疼痛非常，于是和马良下棋来分散注意力。关羽非常清楚当时的情形，自己如果暴露出疼痛的表情，将会让将士们军心大乱。

赤壁大战纪念馆内景

华佗在看过关公的箭伤后，说：关公的箭伤如果再不治疗，也许右臂就会废掉。同时他也提出了自己的治疗方案，那就是得把关羽的手臂牢牢缚在柱上，把头蒙住，然后用刀把皮肉割开直至见骨，再慢慢地刮去骨头上的毒，敷上良药，再用线缝合，这样才能治好箭伤，只是担心关羽会受不了疼痛。关羽听了之后，笑着说自己并不是凡夫俗子，并不怕痛，更不用把手臂绑起来。于是关羽先命人为华佗备上酒菜，并陪着华佗吃了一会。关羽伸出了自己的右臂，说："请先生现在为我疗伤，我照

江苏无锡三国城风光

样下棋取乐，并请先生不要见怪。"于是华佗也不好再说什么，随手取出一把尖刀，让人在关公的臂下放上一个容物器皿，很准确地下刀把关公的皮肉割开。关羽则是吃喝如常、谈笑风生地和马良下棋。华佗手法娴熟地操着刮刀，在关羽的臂骨上来回刮着毒血，还发出窸窣的声音，从关羽右臂流出的血几乎注满了整个器皿。蜀国将士们见到这情景，都不禁掩面失色，不敢多看。只有关羽一人仍是下棋不语，面不改色。之后不久，华佗用其精良的医术为关羽疗完伤，并把伤口缝合。关公大笑着对众将说："我的手臂已伸展自如，一点也不觉得疼了！"并赞华佗真

是真神医。华佗则大赞关羽道："我从医一生，从未见过关将军这样的人物。"并称其为真天神。这个故事可以说是《三国演义》中非常经典的一个小故事，尽管有些夸张，但我们不难看到，关羽神一般的英武之姿。

## 9. 走麦城

219年，蜀国名将关羽大意失荆州，迫不得已退守麦城，在此上演了一场千古悲剧。这就是关羽败走麦城的故事，麦城也因此闻名中外。但令人遗憾的是，三国时期的古麦城，却在清代被沮水、漳水吞没。现在，古麦城的东半部已成为沮河河

荆州古城

道，西半部仅残存一道土堤，被人们称为麦城堤。古麦城的建筑早已荡然无存，我们只有从当地人在故址立的小石碑上去寻找一些追忆。

219 年 7 月，受刘备取汉中上庸胜利的鼓舞，关羽北上攻打襄樊，与曹仁大军对峙于此。曹操于是派于禁率军助曹仁攻打关羽的军队，同时又命徐晃率军进驻宛城。8 月，关羽围吕常于襄阳，围曹仁于樊城，擒于禁，魏兵大败。关羽及其所属军队威震一时，有一种势不可挡之势，进而增添了关羽的自满情绪。

曹操听取司马懿等人的意见，与孙权结

成魏吴联盟，同时命徐晃率军救曹仁，并命名将张辽火速救援曹仁。孙权因关羽屡次冒犯自己并掠取自己的利益，因此决定趁此机会除掉关羽，夺回荆州。于是他故意派陆逊代吕蒙，关羽大意，于是调走荆州的部分守军；闰十月，孙权令吕蒙率军袭击关羽的大本营江陵，孙皎为后继，又派蒋钦督水军进入汉水，防关羽从水路逃走。吕蒙至公安，迫使蜀国守将傅士仁投降，并让傅士仁劝降了江陵守将糜芳，厚待关羽将士眷属，安抚城中百姓。与此同时，徐晃的军队也已到达前线，并与曹仁取得了联系，魏军士气大增。徐晃乘机大举进攻关羽，关羽军心不稳，又有箭伤在

荆州古城

身，被徐晃打败。关羽节节败退。关羽的士兵被吕蒙逐步瓦解，后关羽在关平劝说下到麦城驻扎，并派廖化到上庸向刘封、孟达求援。刘封听了廖化哭诉后，本想前去解救关羽，但孟达却尽说关羽的是非，致使刘封改变初衷。廖化见哭诉无用，只好往成都去求救。

在孤立无援情境之下，关羽不愿困死麦城。决定突围前往西川。关羽率关平等人从麦城北门冲出。没走多远，遭遇朱然的伏兵，关羽逃往临沮。行到决石又遇潘璋引伏兵截路，将关羽等人用绊马索绊倒，关羽被马忠活捉。因不肯投降，后被孙权斩首。吴国谋士张昭向孙权献嫁祸之计。孙权依计把关羽

解州关帝庙

街亭之战遗址

的首级送给曹操。曹操识破孙权的用心，将关羽的首级配上沉香木身躯，用王侯之礼安葬了。英雄盖世的关羽就此结束了他的一生，也留给了后人无尽的遗憾和评说。

## 10. 空城计

这个故事出自《三国演义》的第九十五回："马谡拒谏失街亭，武侯弹琴退仲达"这是小说中描绘诸葛亮多智的一个典型场景。当时曹魏大将司马懿挂帅进攻蜀国的街亭，诸葛亮错用马谡而导致兵败失去这一咽喉要地，进而使曹军进攻蜀汉的大门大开，诸葛亮也因此而挥泪斩了马谡。而曹魏的司马懿则率 15 万大军乘胜而进，直逼蜀汉的西城，而当时诸葛亮手中没有一员大将，只有2500名士兵和一些手无缚鸡之力的文官，根本无力迎敌。众人听到司马懿带兵前来的消息后都大惊失色，但诸葛亮登城楼观望后，对众人却说："大家不要惊慌，我略用计谋，便可教司马懿退兵。"于是，诸葛亮传令下去，让士兵把所有的旌旗都藏匿起来，兵士则原地不动，禁止一切人员外出以及大声喧哗，否则将被立即斩首。他叫士兵把四个城门打开，且在每个城门上派士兵扮成百姓的模样，洒水扫街，一副若无其事的模样。诸葛亮自己则披上鹤氅，戴着纶巾，到城上望敌楼前凭栏而坐，燃起香，然后慢慢弹起琴来，左右两个小童闲适地伺候着，静候着司马懿的到来。

司马懿的先头部队到达城下后，见到这种情形，被弄得丈二和尚摸不着头脑，于是不敢贸然入城，急忙回报司马懿。司马懿听后，心下生疑，于是便命令三军马上停下，自己赶紧飞马前去察看。到了城下，果然看见诸葛亮端坐于城楼上，笑容可掬、神态悠闲，正在焚香抚琴。左面小童，手捧宝剑；右面小童，手握拂尘。城墙上不仅看不到士兵的影子，更是连一面旗帜也没有，而城门

武侯祠内的香炉

则是面向其大开，几个百姓模样的人正在
低头洒扫，旁若无人，给人一种欢迎入城、
请君入瓮的感觉。司马懿疑惑不已，其子
司马昭和一些将领认为应该杀进城去，司
马昭认为是诸葛亮家中无兵，故弄玄虚。
而司马懿却说："诸葛亮一生谨慎，不曾
冒险。现在城门大开，里面必有伏兵，如
果贸然进去，必然中了诸葛亮的诡计。"
于是便来到中军，命令后军充作前军，前
军作后军马上撤退。而此时西城中的诸葛
亮，见司马懿带兵慌忙退去，也是轻轻长
吁一口气，用手拭去额上的冷汗。后来司

刘备亡故于白帝城

马懿得知中计后不觉由衷赞叹："诸葛孔明之才，我不如也！"在这场看似平淡却惊心动魄的心理战中，诸葛亮于险中求胜。

## （二）《三国演义》的历史影响

《三国演义》的成功创作掀起了我国历史小说创作的热潮，它所塑造的一系列人物形象在我国已家喻户晓、妇孺皆知。从明清一直到今天，三国故事不断被改编成为戏剧在舞台上上演，甚至搬上银幕和屏幕。除了它的社会影响，《三国演义》在文学上的影响更是不容忽视。

一方面是章回小说的形式，经《三国演

义》一书的广泛传播，已成为我国古代长篇小说的一种为群众喜闻乐见的形式，不仅是古典小说作家，在现代作家中，也有人用这种形式来进行写作。

另一方面，从小说类型来看，由于《三国演义》一书的成就和影响，其后产生了不少历史演义小说，成为一个重要的小说类型系列。明末的可观道人在《新列国志叙》中说："自罗贯中氏《三国志》一书，以国史演为通俗演义，汪洋百余回，为世所尚。"在明代，较有成就的历史演义小说有：余邵鱼编写的《列国志传》，写从

河南南阳卧龙岗武侯祠石碑坊

一千七百多年前的三国硝
烟早已飘散，英雄之名却
将永留史册

商亡到秦并六国的八百年的历史，艺术上比较粗糙；后来经过冯梦龙的增补和加工，成为一百零八回的《新列国志》，内容则集中写春秋、战国时期的故事，在语言和艺术上都有很大的提高。到清代又经人删改，最后成为流传很广的蔡元放的《东周列国志》。另外还有《唐书志传通俗演义》《隋唐两朝志传》《隋炀帝艳史》《隋史遗文》等，到清代康熙年间褚人获又将后三种剪裁改写为《隋唐演义》一书，在群众中产生了较大的影响。